Schweigeminute

Erika Burkart

Schweigeminute

Gedichte

Artemis Verlag

Die große Zahl

«Der Tod ist eine unveränderliche Größe, allein der Schmerz ist eine veränderliche, die wachsen kann.»

Georg Christoph Lichtenberg

Einfache Sätze

Alle besiegt die Müdigkeit,
die Liebenden und den Mörder,
wer Glück hat braucht
nicht schuldig zu werden,
wer dem Leben ins Aug sieht,
begegnet dem Tod.
Im Schlaf öffne ich
die dreizehnte Türe,
jede Nacht kann die letzte sein.
Absehbar die Verwüstung,
aber die Erde
bewegt sich doch.

Acht Zeilen

Was mich am stärksten
verwandelt habe?
Immer wieder die Liebe,
die mich erhöht
und erniedrigt hat
und Schnee zurückließ
mit einer Fährte
weiß Gott wohin.

Die Wunde

Wir verbergen sie unter Korrektheit,
Flüchen, Frömmigkeit, Arbeit,
Güte und Gütern,
Gesten und Worten,
wir zeigen sie in der Liebe,
wir halten sie offen
für bessere Tage,
die Kaverne,
die uns enthält.

Die Stimmen der Frühe

Entgegenwachen
dem ersten Vogel.
Eine fremde Sprache spricht aus,
wofür das Wort fehlt.

Mit geschlossenen Augen
halt ich mich offen,
nach den Stimmen richtet
der Leib sich aus.

Jetzt sinkt der Tau auf die Blätter.

In den Schlaf
nehme ich mit
die vorverkündete Sonne.

Sonnenaufgang

Unbefleckt geht die Sonne
hervor aus dem Berg,
schweigend schaue ich zu,
denn verlorengegangen
sind die Worte der alten
Lichtgesänge.

Von Blatt zu Blatt springt das Licht.
Der Schattenriß eines Vogels
zeitlos hiesig, Zen-Malerei.

Der Wind zieht Flügel
aus Wolkenkörpern,
nicht jeder Morgen hat einen Engel.
Ich folge ihm auf dem Taupfad
hinab in den seele-
ablistenden Tag.

Märzflocken

Vom Himmel kommend
mit keiner Botschaft belastet.

Unteilnehmend an unsrer Mühsal,
fliegen sie einzeln,
haften sie locker,
blüht Schaum, durch den
der Winterling stößt
ins Licht einer Zeit,
in welcher das Warten
immer wieder
gelernt werden muß.

Früh im März

Rußige Relikte von Schnee.
An derselben Stelle
hielt er sich letztes
Jahr bis vor Ostern.

Farben und Vögel
singen sich ein auf das Licht,
von dem sie mehr wissen als wir.
Im geschleiften Gras
müssen wir und die Bäume
unsern Schatten erst wiederfinden.

Frühling
mit verklebten Lidern,
Leichenhaar, Quetschungen, Brüchen,
vag der Wind in den kahlen Ruten,
im Zauntor, das sie zu schließen vergaßen,
Lämmerwolken, schüchternes Blau.

Astaugen schauen gradaus
auf das, was noch lange
nicht kommen wird.

Zeitrand

Im medialen Wind. Die Augen
geschlossen bis auf einen Spalt
ins Unstillbare saugen
den Hauch und die Gestalt.

Durch Dünste spähen und zu spät sehn
die Kreatur. Der Tiere Pein,
Siechtum der Bäume. Beider Abstehn.
Wer möchte ohne Tier und Bäume sein.

Im letzten Licht. Die Poren
windoffen. Aufgestört
gehst anders du verloren.
Es ist die Angst, die schärfer hört.

Die Bäume

Was wollen Bäume,
die in der Nacht
ans Fenster klopfen
und ihre letzten
Blätter verschenken?

Jeder Baum hat eine Aura,
dein Schatten, gelöst
aus dem Schatten des Baums,
rührt anders ans Licht.

Mit Bäumen weist
die Erde zum Himmel,
ihre Wurzeln durchwachsen die deinen,
ihre Vögel fliegen
in deinen Schlaf.

Was wollen Bäume,
die nachts anklopfen,
nachdem sie sich
bis auf die Knochen
entäußert haben?
Die Bäume bitten
um ihr nacktes Leben
und die Möglichkeit,
uns zu helfen.

Die Gnaden des Alltags

Aus einem Wintergehölz
eine Rauchsäule aufsteigen sehn,
als gäbe ein Geist
einem andern ein Zeichen.
Nicht zählen können die Möwen
auf dem umgebrochenen Nebelacker,
den Weg des Wassers bedenken,
die Zeit der Steine –
Frost in den Wimpern
in eine geheizte Stube treten,
die Hände wärmen am Teekrug,
das Herz nicht überhören,
das außer sich ist
vor nichts als dem Leben,
dem kurzen, und einbringt
das Wissen, man habe,
bevor es zu spät war,
die Sterne gesehn,
Gemma, Capella,
wenn man fröstelte, nachts,
beim erkaltenden Ofen,
während der Wind
ans Fenster rührte
und den Bäumen
die Krone von Schnee
bis in den eisklaren
Himmel wuchs.

Dem Andenken Rainer Brambachs

Requiem für eine Linde

Darniederliegend, verstümmelt,
ein abgeasteter Rumpf,
sagt sie noch immer
ich bin ein König,
Trauernder, der du hier einhältst,
ich habe nichts mehr,
womit ich dich grüßte,
weder Stimme, Glieder noch Haupt.
Ich bin deine zornigste Klage,
daß alles weg muß,
und ein Erinnern an Herbste,
da meine Blätter
träufelten durch Nebel und Licht.
Zu den Gestirnen
habe ich deine Blicke gelenkt,
sie gehörten zu mir,
– zu wem gehöre ich jetzt?
ich, ein König,
und nicht von hier.

Hundstage

Geplant und verworfen
in der Andenkette der Wolken
Gesichter, die man vergaß,
die man erinnert und wieder vergißt,
Tote schaun so herein:
dein Profil, geneigt
auf die Brandung des Korns,
Mohn. Mitten am Tag
flößt der Schlaf mich zeitab.

Staubrote Rosen. Kein Vogel.
Ein Schatten schleppt durch den Garten.
Weit offen das Aug, dem, wie lang schon,
die Träne fehlt.

Im August

Dunkel staut sich das Licht
auf Autobahnen, vor Wäldern,
rinnt aus ein Wolkengesicht
über Stoppelfeldern.

Fremd, in einem Spiegel,
die Dächer, der Weg zum Teich:
unter dem Sonnensiegel
entschattet ein Totenreich.

Disteln und Staub. Tollkirschenblut.
Flüssiges starrend, das Feste bebt.
Ein Sturm von Stille, Steinglut,
Stille, die untergräbt.

In zuckender Aura der Baum,
Spätsommerfinsternis.
Der Schwalbenflug ist ein Riß
durch Bilder in einem Traum.

Für H.B.

Der Krieg

Stabat mater
es stand die Mutter,
stabant matres,
Blutschweiß und Tränen.
Wie Gras wachsen Kreuze,
die Mütter versinken
ins Ortlose –, Trauer
die dortige Zeitform,
es gibt keine Feinde,
es gibt nur Tote,
auf der Erde, die sich verweigert,
liegen kreuzweis die Kreuze,
schwarz ist der Tag
und rot die Nacht.

Die blaue Stunde

Um siebzehn Uhr,
wenn wir Holz nachlegen,
Tee trinken und rauchen,
entläßt uns für zwanzig Minuten
die Verzweiflung darüber,
daß die Erde ein Krüppel geworden,
den man mitnichten
verschonen wird.

Sanduhr

Zur Mittagsstunde verdüstert sich
der Himmel im Baum,
ein Blütenblatt fällt aus dem Mohn,
laut summt die Fliege.

Auf leeren Stühlen
erinnerte Gäste,
die Fliege summt,
die Uhr steht nicht still,
in der Welt
sind die Hinterhalte besetzt,
Niemand lauert im Wildgras,
ich ziehe den Kopf ein, ich meide
das Rasenstück, das ein Schatten tilgt.

Die Zitterpappel verhält ihr Zittern,
ein Astauge zählt
die Ringe im Teich.

Granatapfel

Die davon kostete, mußte bleiben.

Seit der Totengott das Leben beschlief,
wird die Liebe mit Tod aufgewogen.
Die Hadesfrucht wächst in der Tiefe.
Wer sie will, muß hinunter.

Mädchen, um dich weint die Mutter,
wenn die Frucht sich öffnet,
der Schlangengürtel sich löst.
Die Liebe ist eine Wunde,
sie heilt allein, der sie schlug.

Wolken

Das Leben ein Traum, der Traum ein Leben.
Wir sehn, was wir wissen.
Wir wissen zu spät, was wir sehn.

Kinderzoo
mit ausgestorbenen Tieren. Dem Clown
schwimmen die Glieder davon,
die Tänzerin flattert ins Licht,
Harlekin stürzt
in ein offenes Messer.

Unter Einbezug von Kosmologien
Trauer- und Liebesspiel; Mythen.
Das schwarze Segel, das weiße,
und, in zyklischer Folge,
die männermordende Schlacht.
Jedermann ohne Land – hysterische Pferde,
in Tümpeln sammelt sich Blut,
Gottes Zelte im Immerblauen.

Ein Pfauenschweif fächert sich auf,
tausendäugig neigt sich der Himmel
auf rauchende Felder – die Herde
zieht dem Abendfeuer entgegen,
rotierend senkt sich die Sonne,

wer sie jetzt sieht, hört Musik.

Dauer im Wechsel

Wie er's aushalte
dieser und jener?
Die Frage schließt mich nicht aus.

Es muß ein Leben geben,
ein persönliches und geheimes,
das nicht bloß gelebt wird,
weil man sich fürchtet
vor letzten Schritten.

Zwischen Tagen gibt es
den einen Tag,
da der Gedanke uns neu scheint,
daß die Jahreszeiten sich folgen
und schön sind und nichts
ewig dauert,

auch dieser Schmerz nicht,
der mir zur Stunde
das Herz umdreht.

Grundfarben

Der Mut am Morgen,
die Dinge an sich
heranzulassen.

Wo das Licht vorbeifliegt,
wechselt das Herz seine Farbe.
Noch einmal füllt sich
das Falbe mit Gold.

Von Hand zu Hand geht im Kreis
ein blauer Becher,
ein rotes Geheimnis am Grund.

Für H.W.

Sternbild

Ins Offne geschleudert,
hinausgestellt,
ohne Bezug zu uns,
doch ein Zeichen
unsern sterblichen Augen,
die das Unsterbliche
weiterreichen.

Bitte um eine Geste

Du erwähnst die interstellare Materie,
schwarze Löcher und deren saugende Dichte,
von Doppelsternen sprichst du,
bedeckungsveränderlichen, vom dunklen
Begleiter – «Weltkatastrophen», sagst du,
«erscheinen unseren Augen
als eine Kerze, die aufflammt.»
... Wüst und leer sei das All,
mit seinen weit auseinander
gestreuten rasenden Körpern,
alle in Flucht begriffen im Raum,
der sich krümme und Zeit sei.

Indes ich schrumpfe
wachsen dir Flügel
im Spiel mit Distanzen,
«die», fährst du fort,
«wir mit Zahlen und ihren Potenzen
nur theoretisch erfassen,
Gott ist der Meister der großen Zahl.»

(Sirren füllt meine Ohren,
zerrieben von maßlosen Massen
treibt der Staub, der ich bin,
außergalaktisch im Nichts.)

«Reiche mir deine Hand herüber,
sie allein wärmt mich in der Kälte
der unendlichen endlichen Welt.»

Blitze

Die fernen, die ritzen,
der nahe, der aufschlitzt.

Die Zelle, in der wir uns fürchten,
vom Feuervogel gesprengt,
erweitert um stygische Felder.

Wie einer, der gleich aufs Gesicht stürzt,
ausgespannt beide Arme,
schreit am Hügel das Kreuz.
(Die todesgrellen, die fahlen
Stätten, wo keiner erhört wird.)

Um eine Kerze versammelt. Alle.
Im Gewitter wird man zum Kind.
Der Donner hat etwas
mit Vätern zu tun.

Wimperzuckend
verständigen sich
Himmel und Erde.
In der Laublichtung, schimmernd,
der neue Himmel.

Einschlafsequenzen

Am Fuß der Moräne
ein Weg ins Moor,
um meine Schultern dein Arm,
die Sonne steht still, graue Vögel
über der braunen
Abendheide.

(Die Manie, die eigne Geschichte
in Einzelheiten genau zu erinnern,
bevor in der Schlaf-Schlucht
der weiße Reiher davonfliegt.)

»Sator Arepo tenet opera rotas«
...mit Mühe hält
der Sämann Arepo die Räder.
Ich lese den Satz
von hinten nach vorn,
Gott versteckt sich darin, der sich müht
die rasenden Sonnen im Zaum zu halten.
Mitgerissen verpaß ich die Stufe,
ein Stern explodiert, immer näher
die blitzerhellten
Gründe der Kindheit.

Elektrische Schläge. Im freien Fall
aus mir auf die andere Seite.

Gegenlicht in den Bergen

Licht
wurzelt mich aus,
treibt mich um,
ich suche
den blauen Mohn, ich weiß
der blaue Mohn ist verblüht.

Auf der Krete Hermes,
Abend-Silhouette,
er erscheint als Hirte
mit Hut und Stab.

Wo Lärchenleuchten
und Schnee sich begegnen,
geh ich hinein
in den Sonnenspiegel,
schwarz von Licht,
einsam
wie ein gespaltener Stein.

Herbstzeitlose

Unterweltlich Blattlose
aus Nebel rauchenden
Wasserwiesen,
dich zeichnet aus
die vergessene Farbe,
liegst du darnieder,
noch immer ein Elf
vom Adel der Lilien.

Solidarität

Die frieren in warmen Zimmern,
die Hand an sich legen, weil es genug ist,
wehn mit dem Schnee, sind sein Schimmern,
wenn ein Strahl die Felder vermißt.

Die nicht anrufen und nicht mehr anklopfen,
die keine letzten Worte mehr haben,
hören die Sterne austropfen
und suchen ein Loch, sich einzugraben.

Die Bäume fangen den Wind,
das Herz finge die Flammen,
alle, die verloren sind,
gehören zusammen.

Biographie

Im Wasser geschlafen,
nach Luft gerungen,
ins Feuer gesprungen,
heimgekehrt in die Erde.

Für J.

Der Einsame

Dem Einsamen bieten
Boten aus dem Dunkel
Herberge an.

Ein Haus ohne Wände
mit Winde und Keller,
unterm Himmel
sind ihm bereitet
Schneetisch und Steinsitz,
die Frucht des Erinnerns,
der Tau des Vergessens.

Von beiden kostend,
tritt er zurück
in sich selbst.

Der erste Frost

Voll steht der Mond
über dem Garten,
Schattenrisse in Klarsicht,
Sequoie, Katalpageweih.

Heute nacht,
sagt die Frau bei der Lampe,
werden die Blumen erfrieren.

Hoch steht der Mond,
die Lichter gehn aus,
Flügelgraues am Fenster.

Einer blieb sitzen am Tisch.
Ihm scheint der Mond.
Seine Haare sind weiß.

Die Eule

In der Robinie saß sie,
es lag noch kein Schnee,
zuhöchst auf einem
der toten Äste,
nicht uhrgenau kamen
die Klagelaute,
im ovalen Mond
schwoll ihr Leib.
Als sie sich weghob, sah man
den Himmel weiter
und älter das Land.

Totemtier

Wie plump sich der Schwan
auf dem Trocknen bewegt,
er watschelt und wackelt.
Zu kurz die Beine,
die Flügel zu schwer –
laßt ihn schwimmen,
laßt ihn fliegen!
Im Element
ist er sein eignes Symbol.

Der taube Hund

Versteckt
im struppigen Haarkranz
das rotumrandete blaue
Birkenauge. Sein Blick
sucht den deinen:
aus dem Innern horchende
Aufmerksamkeit,
die deine Gebärden
in Kommen und Gehn,
Laufen umsetzt und Ruhn.
Ruhn. – Dieser Schlaf ist Gewähr
eines Vertrauens,
dessen für würdig befunden zu werden
die ihrer selbst
so wenig sicheren Menschen
rührt und beglückt.

Der dazu bestimmt wäre,
eine Herde zusammenzuhalten,
hält sich an dich,
du bist seine Herde und bist sein Hirt.
Das verfilzte Allwetterfell streichelnd,
nimmst du die dargebotene Pfote
als Freundeshand an,
unbedingt.

Für meine Schwester

Zur guten Nacht

Verhüllt die einsamen Sterne,
Nachttiere sind unterwegs,
unter den Dächern der dunklen Häuser
liegen die Menschen im Schlaftod.

Erwartungsvoll ohne Hoffnung
begebe ich mich in unklare Träume,
aus denen ich einzig
ein kleines Mädchen erinnern werde,
das über einen immensen leeren
Platz auf mich zukam,
im Hemd und barfuß.

Fallenlassen

Wir wissen nichts über die Toten
und wissen nicht,
was sie wissen von uns.

Wie Gedanken lösen
die letzten Blätter sich ab.

Wir wissen nichts von den Lebenden
und wissen nicht,
was sie wissen von uns.

Ein Blatt zu mir steckend,
laß ich auch diese
Gedanken fallen.

Etwas

Es zeigte sich in schwersten Augenblicken,
ein Schimmer nur auf irgendwelchem Ding,
ein Schatten, der vorüberging,
ich sah, bevor es fiel, das Blatt, sein Nicken,
ich sah etwas, das sich in nichts verfing.

Eine Spur

Auf dem Weg zum Wald
im Anflug von Neuschnee
die kappenrunde
Kinderschuhspur,
Energie kurzer Schritte –
mit Licht ausgegossen,
zeigt die Spur die Gestalt.

Nächtlicher Schneefall

Ich habe nochmals Feuer gemacht,
um im Dunkel das Summen
der Flammen zu hören,
ich bin allein, huste,
denke an jene,
die gestorben sind oder verschollen:
eine Brücke, die abbricht,
Hunger ohne Appetit –,
stieße man nicht
so ganz ins Leere,
wäre es Sehnsucht.
Aber ein Vakuum ist kein Ziel,
es saugt aus, ich huste,
der Liebste ist verreist,
im Ofen knallt das Holz,
und in der Brust tut es weh.

Die Tränen

Ungeweint Eis
so kalt wie heiß
steinharte Schlossen
in Weiches geschossen
schrei-offner Mund
tut sich kund
durch Schweigen; Schweigen,
wenn sie bis unter die Lider
steigen und wieder
zurück zum Grund.

Neujahrsnacht

Dreiviertelmond
zwischen Trümmerwolken,
das Fensterkreuz auf dem Boden,
mein Körper müßte drauf passen.

Wir sind mehr als wir fassen.
Magische Quadrate
haben mich eingelassen.

Heraklit

Keine Antwort
ist auch eine Antwort.
Aber wer merkt schon
auf ein Wort, das ihm sagt
«das Eine ist auch das Andre»,
solange das Andre
untragbar scheint.

Schweigeminute

«Wissen, daß man nicht für den Anderen schreibt,
wissen, daß diese Dinge, die ich schreibe,
mir nie die Liebe dessen eintragen werden, den ich liebe,
wissen, daß das Schreiben nichts kompensiert, nichts sublimiert,
daß es eben da, wo du nicht bist,
ist – das ist der Anfang des Schreibens.»

Roland Barthes

Der erste Blick

Für wichtig erachtet Lichtenberg
den ersten Eindruck von einer Sache,
in der Übersicht
dunkel das Ganze erfassend
täusche dieser sich nicht.

Als beflöge man Wälder und Seen,
auch Berge, vielleicht eine Stadt:
was später in Stückwerk zerfällt
hat sich als Landschaft gestellt.

Am meisten fessle
die Landschaft des Menschengesichts.
Wer eins liebte
und es verlor
sieht es, wie einst
zwischen Angel und Tor
mit den Augen der Traurigkeit
ganz.

Schlaflos

Die Hand
auf den geschlossenen wachen Augen
eingepuppt liegen,
anstelle des Auges die Träne.

So langsam läuft Zeit ab,
so rasch –
draußen die Dauer: der Raum,
und das Zergehen in ihm.

Im Aschenregen Segmente
abgelebter Tage und Stunden.
Die Nacht kehrt sie um,
sie zeigen mir
ihre wunde Seite.
(Es liebt der Geliebte in uns
den angenommenen
Teil seiner selbst.)

Gerechnet werden darf
mit der Treue der Trauer.
Sie öffnet das Land, wo ich dich
suchen kann. Immer.

Erinnerter namenloser Ort

Über einen langen Tisch
lagen welke Blätter verstreut.
Wir wischten sie nicht weg,
wir aßen und tranken,
es war kühl, Brot und Wein
kamen vom Himmel,
Menschen: keine; ein Kahn im Schilf,
Nebel rauchten die Ufer ein
eines herbstlichen Sees,
mit der Sonne von Zinn
erschien eine weiden-
bebuschte Insel.

Aus den Blatthänden lasen
wir unsere Leben:
sich verzweigende Wege;
in Erinnerungen, die sich nicht decken,
würden wir einsam wie zwei
an ihr Erdreich gefesselte
Bäume sein.

Blick ins Feuer

Von Mond und Nebel weiße Nacht,
das Feuer singt in fremden Zungen,
Geleuchte streift von Schacht zu Schacht
den Erzen nach. Erinnerungen.

Ein Fremder kam und kam mir nah,
ein Naher wurde wieder fremd,
auf einmal war er nicht mehr da,
im Luftzug bauscht das Totenhemd.

Über den Schnee gesprochen und
in Asche. – Ausgetrieben. –
Untergegangen sind die Sterne. Sieben.
Wir wissen es aus Sapphos Mund.

Trennung

Noch wäre ein Rest zu sagen,
nicht jeder Rest ist Schweigen,
Worte, die Frühes austragen,
hör ich in mir sich verzweigen.

Ich gehe nach beiden Seiten,
der Jäger ist auch das Wild,
gleichzeitig weiten
sich Leere und Bild,
der Weg hinauf
ist der Weg hinab,
an deinem Herzen
lieg ich im Grab.

Weiß

Es schneit. Es zieht mich hinaus,
im Schnee kann ich dich finden,
der Weg zurück und das Haus
gehn verloren in den vier Winden.

Du bist, wo es am dichtesten schneit,
trittst aus Büschen, verschwindest in Stämme,
hinter dem Schnein kommst du nah, gehst du weit,
ich seh deine Brauen, die Nadelkämme.

Ein Flüstern ist in der Luft
von Flocken, der Himmel zieht ein,
öffnet Geäst, schließt die Nebelkluft,
jede Flocke ein Sterngebein.

Bis zum Mund reicht das Schneien,
das uns verbindet und trennt,
schmeckt nach nichts, löscht das Schreien;
Weiß. Die älteste Farbe. Sie brennt.

Metapher

Schnee ist eine Metapher
du weißt für was.
Sag es nicht weiter –
wenn Schnee fällt,
geht die Erde unter,
der Himmel geht auf,
doch die Liebe hat
ein Auge zu wenig,
mit ihrer Blindheit
rechnet der Tod.

Luft

Nah
wärst du fern,
fern bist du da,
Farbe der Luft,
das Nichts als Duft,
das Nichts hat Augen,
durch mich hindurch
geht dein Gesicht,
Finsternis, weiße,
ein schwarzes Licht.

Abwesenheit

Du, gehend an meiner Seite,
auf einmal ist mir,
du bist nicht mehr da
und ich ginge mit bloßen
Schultern im Wind
einen fremden Weg,
ganz allein, ich wende
mich um, du bist da,
ein Körper in Kleidern,
außer ihm west,
wovon man lebte,
woran man stirbt.

Hermes

Wir sahn ihn nicht,
er war immer da,
Gott der Diebe
und Seelenführer,
dich läßt er laufen,
mich nimmt er mit.

Spiegelung in einem Messer

In Zonen zerschnitten Gesicht,
Mund, Nase, die Augen,
die sich am Stahl festsaugen –
Schweigen und Wortgespenster,
das Brüllen der Kuh
im offenen Fenster,
Licht, das sich bricht,
totenstilles –; stich zu.

Ferngespräch

So sag doch etwas –
es klickt in der Leitung,
aus der Unterwelt melden
sich fremde Stimmen.
– Wie es mir gehe? – Gut gut.
Um die Wahrheit zu sagen,
die Pulse jagen...
im Traum fuhr ich Schlittschuh,
durch dünnes Eis
sah ich mein totes Gesicht;
hast du mir darauf
gar nichts zu sagen?
– Nein. Oder doch:
du solltest zum Arzt gehn,
es tut mir leid...
– Mir aber tut weh,
was dir nur leid tut.
Schweigen. Auch keine
Unterweltsstimmen.
Atemstöße. Dann, lang,
steinerne Stille –
ich vereist, du verbrannt.
Irgendwo rast jetzt ein Sturm.

Schwarzes Wort

Es traf, es trifft,
hört nicht auf zu treffen,
bohrt sich ein, saugt aus,
herrscht.

Auf dem Weg zur Sprache
muß jeder Gedanke
an ihm vorüber.

Wenn es verwest ohne Rückstand,
bist du ein Andrer geworden.

Der Eiserne Vorhang

An jenen andern, der trennt
Osten und Westen,
habe ich gar nicht gedacht,
als ich nach einer Metapher suchte
für das, was zwischen uns steht,
undurchdringlich, unüberwindlich,
mit Todesmaschinen bestückt
und Angst.

Gemeinsam

Es schneit den ganzen Tag, ich bin bedrückt,
am Bord bleicht Schneelicht falbes Gras,
ein Schatten rückt von Glas zu Glas,
ihn halten Hand und Herz nicht auf,
der weiße Tag nimmt seinen Lauf
durch mich hindurch. Wie trüb man ist,
wenn uns der andere vergißt,
verfolgend eine zugeschneite Spur,
allein mit seiner
Schattenuhr.

Hände

Uns schien, sie glichen einander.
Berührungsscheu. Nur die Augen tasten.
Zuckender Adermäander,
deine Angst vor Blut, meine vor Lasten.

So, Kante an Kante gelegt,
erinnerten sie Bruder und Schwester.
Wir erzählten uns, was sie geprägt,
und sie hielten sich fester.

Sie sind auseinandergefahren,
ein Sturm hat zwei Blätter getrennt,
sie sind nicht mehr, was sie waren,
ist auch keiner, der sich drin auskennt.

Frieren und Schwitzen.
Wie der Beginn so der Rest.
Zärtliche Flügelspitzen –
Nägel nageln sie fest.

Ewigkeit

In dieser Sache
gibt's keine Täter,
sie wurde verhängt.
In die Schußbahn gedrängt
entkam man
durch Tauchen.

Was bleibt ist weiter
nicht zu gebrauchen
es sei denn für sofort
vergessene Träume,
deren Säume den Tag
so eigen trüben
als schlösse drüben
sich etwas an.

Aus der zu zweit
verlorenen Zeit
gewonnen
jedes für sich
eine hinterhältige
Ewigkeit.

Ihr Wächter stellt Fallen,
man kennt die Krallen,
das blitzschnelle Schnappen,
den langen Schmerz –
ganz plötzlich
beim Übereinanderlappen
von Bildern zu einem
Bilde, das brennt.

Am Fenster

Am Fenster, spät,
das Wasserspiel spielt mit sich selbst,
um gesehen zu werden,
müssen Sterne in Finsternis stehn.

Seit die Liebe
uns sitzen ließ
in verschlossenen Häusern,
gehn Stimmen im Feld,
bellen lauter die Hunde.

Stirn an Stirn mit der Nacht,
die graue Haut wächst mich ein.
Schauer, jäh, unter einer
erinnerten Hand,
die ins Dunkel fällt.

Kontinuum

Die litten, starben,
es starben die Zeugen,
es starb das Leid.

Vielleicht
bleibt eine Freude,
die niemand bezeugt.

Von Angesicht zu Angesicht

Am Ende bleiben nur Fernglasbilder,
ein Punkt oder Poren.
Um Worte zu haben, müßte ich dich
herausholen aus einem
gesprungenen Spiegel.

Von Angesicht zu Angesicht.

Auf die Gesichter fiele
ein Licht von weither,
die Worte würden uns schwer,
es wären zu wenig, zu viele –

aber wir brauchten sie nicht.

Paradies

Zwei Falter in fuchsrotem Samt.

Ein Paradies ist ein Garten für zwei,
über denen der Stab
gebrochen wird in einem Blitz.

Grün

Ich träumte Grün,
sagtest du,
die Pflanze wuchs
im Wasser, sie glich
einer Feder. Pulsierte.
Sie hatte das Eis
am Bachrand gesprengt.

Darauf wäre viel
zu sagen gewesen,
ich sagte wenig,
ich sah dich am Bach
zur Pflanze geneigt,
es war mitten im Winter,
wie war sie grün.

Nach jenem Tag
trieb ein weißes Blatt
durch die weiße Nacht
– es war mitten im Winter –
am Morgen schneite es fort
in einer Kugel aus Glas.

Gegen das Vergessen

Inseln setzen im Strom
dessen, was von Tag zu Tag
einen fortreißt.
Anruf an alles, was fließt,
auszusparen
den grünen Hügel, den weißen,
den Schnee, der uns wärmte,
die beim Erwachen
nackt ineinander
offenen Augen,
den Mond im Wasser,
das widerrufene Wort.

Leben und Zeit

Mache das Licht noch nicht an,
was im Licht sich verbarg,
fliegt uns zu.
Bei im Dunkel geschlossenen Augen
bist du mir unter den Lidern
so nah, als hätte uns nie
in Unmögliches und den Rest
entzweit
das Verlorengehn
in Leben und Zeit.

Das andere Ufer

Die Nebel verziehn sich,
ich sehe das andere Ufer,
drüben ist alles ganz anders.
Eins plus eins
ergibt dort unendlich,
und ich liebe dich,
weil du leidest.

Der Freund

Wer war der Vogel,
der nach Mitternacht
Einlaß begehrte
und äugte als wäre
ihm alles bekannt?

Wissen
von einem Menschen,
der sichtbar bleibt
am Horizont
unsrer Tage und Nächte,
dessen Schatten
den unsrigen kennt
und den Namen, mit dem uns
die Mutter rief.

Identität

Für die Zeit nachher
etwas retten wozu?
Weiß ich doch nicht mehr,
bist du noch du.

Ich will nicht vergessen
und kann nicht fliehn,
ich muß wieder lernen
den Atem ziehn.

Ich sehe ein Blatt,
das sein Teil hat
am erbarmenden Licht
noch im Sinken.

Frühlicht trinken.
In der Scheu, zu benennen
wiedererkennen
das eigne Gesicht.

Liebesflug

Ein weißer Flügel,
ein schwarzer.

Windstille herrscht
im Aug des Zyklons,
die Liebe nimmt immer
die Mitte ein,
Schwebendes, sagt der Maler.

Blau dreht die Erde vorüber.
Die auseinander-
stiebenden Sterne
tun sich zusammen
zur neuen Figur.

Schweigeminute

Woran denken diese
im schwarzen Rücken des Vordermanns
auf die Nasenspitze blickenden Leute?

Während in ihren Ohren
die anbefohlene Stille
sich mischt mit dem Läuten des Bluts
wird die Zeit ihnen lang,
lang genug, um im Leerfeld
von sechzig Sekunden
auf den Sterblichen in sich zu stoßen,
dessen ohne Kenntnis der wahren Person
gedacht werden wird,
gedankenlos, denkt der Schweiger,
dem der Schweigegrund schüttert von Schreien
aus todoffnen Mündern, todoffnen Augen,
über die nicht Gras wuchs, weil Gras
eine Gnade ist und nicht wächst,
wo Schreie unter der Erde gehn
Namenloser...
Der mit Namen
teilnimmt an der Schweigeminute,
könnte jetzt sprechen.

Alte Dinge

Rauhreif Mitte November

Jedem Laut seinen Raum
in der Stille,
die der Krähenschrei trägt
von Baum zu Baum.

Es waren einmal
ein König und eine Königin,
das Kind sah man häufig
am Brunnen knien.

Ein Spiegel ist das Muttergesicht;
der Wald riecht wieder nach Schnee,
die Wege unter dem Nebel
suchen das alte Licht.

Vater und Mutter

«Aus der Heimat hinter den Blitzen rot
Da kommen die Wolken her,
Aber Vater und Mutter sind lange tot,
Es kennt mich dort keiner mehr.»

Der Blitz geht unter die Lider,
und ich sehe dich wieder,
wie ich als Kind dich sah,
vatergroß und mir nah.

Kurz sind die Wege, die ich noch gehe,
bald kehre ich heim und stehe
vor eurem Haus allein,
Mutter! laß mich herein.

Die Schwelle des Mutterhauses

Die auch den Schnee einläßt.
Die am Abend
Hasel und Birke beschatten.
Auf der Mond und Sonne
länger verweilen.
Von der du zurückblickst.
Die glänzt, wenn du wiederkehrst.

Wo der Verfolger
abläßt von dir.

Über die sie die Särge
getragen haben.
Die schmutzig und rein ist,
mit Blättern drauf oder Blut.

Wo du die tote Katze fandest,
den Brief des Fremden
und Rosen.

Von welcher du in die Zeit steigst.
Die du nicht überspringst.
Die das Zeichen trägt.

Frühling

Die Fußknöchel stark geschwollen
geht die alte Mutter in Hausschuhn
zwischen den Beeten. Wiedergekommen
sind die Kaiserkronen, Primeln und Veilchen.
Dies sei ihr letzter Frühling, denkt sie,
ich sehe ihr an, was sie denkt.

Garten

Unter Rosensträucher geduckt,
an der schweißnassen Stirn Stechrüsselmücken,
dringe ich mit dem Messer
auf Gänsedistel und Hahnenfuß ein,
verknöcherte Dornen stehlen den Hut,
die Spinne läuft über den Mund.

In schattigen Nischen die Rückkehr des Walds.
Pflanzen zehren mich auf, in mich
senken sie Faser- und Möhrenwurzel,
dieser Garten ist schön,
mir wird schwarz vor den Augen,
ich liebe ihn, er bringt mich noch um.

Der toten Mutter
bietet Immergrünes die Hand. Huld
wehender Ranken, Geduld
aus der Erde aufblickender Steine,
der Wacholder kennt mich seit je,
nadelblau überm verschilften Teich.

Im Regen auferstehen die Moose,
heimlich wachsen den Silberviolen
Oblaten. Im Gegenlicht sehe
ich ihr Gesicht.

Kurz das vereinte Blühn,
lang das einsame Reifen.
Der Engel ist dort,
wo das Espenlaub zittert im Licht,
die Schwalben kommen erst später,
wenn die Bäume wachsen über den Schatten,
und die Fontäne die Zeit bespricht.

Im Wasser gespiegelt Gesicht,
mit dem ich lebe seit sechs Jahrzehnten
im Aufruhr gegen das Leben,
das es so gemacht hat, wie's ist:
wund – und manchmal entzückt
über Dinge, die blieben,
was sie mir waren. Ich streiche
das Haar aus den Schläfen,
ich bin dagewesen. Ich habe eine,
ich habe keine
Spur hinterlassen.

Gartenlektüre

Ein Insekt. Seite vierzig.
Es war weiß und so klein,
wie ich nie zuvor etwas
gesehen hatte.
Es saß auf dem Buchstaben X,
an jenem Tag las ich
kein Wort mehr.

Juni-Saga

Stern- und flockenweißes Blühn
um Nest und Schneckenhort,
der Regen schwemmt die Farben fort
bis auf das Grün.

Vor Nacht die Auferstehung
des unerhörten Lichts,
am Fenster Fernbegehung
des Alls, des Nichts.

Gegenlicht. Der Wipfelfries
vor wasserklarem Horizont,
wie das Erinnern sie verhieß
Buschinseln, spätbesonnt.

Wo bin ich, ungeboren
und vor dem Fall?
Verhängte Zügel. Sinnverloren
reitet Parzival.

Reflex, für Botticelli

Im Bild aus dem Brockenhaus
an der Ostwand
fließt laubgefiltertes Licht
abends von Rand zu Rand.
Aphrodite im Rosengestöber; Herzhand,
der erweckende Schein
scheint aus ihrem Land.

Ich sehe sie stehn
vor Himmel und Meer,
mit Geleit doch allein,
muschelbleich
im Windhaar – fernher
dem Flügelwehen voraus.

Weiße Blume

Eine weiße Blume
ist immer eine geschenkte Blume,
rückverbindend, da früh
entzückten Kiesel und Schnee.

Verkünderin einer Botschaft,
die man vernimmt
mit gesenktem Kopf,
Seele des Grünen,
auf unsre Traurigkeit bist du
die Antwort der Liebe.

Liebe

Verwirkt und vermarktet.

Unbenommen sich selbst
der einzige echte
Geheimnisträger,
wo die Erde sie durchläßt
ein Siegel.

Kein Platz für sie,
selbst nicht in Worten.
Schnee darüber,
unter dem Schnee
die blutrote Blume.

Bildersprache

Worte, die entführen,
Rhythmen, die mitreißen,
trau ihnen nicht,
die Sprache ist ein Luder,
sie dreht dir den Hals um
im Morgengrauen.

Schweig. Geh in dich
wie ein runder Stein
im Nebel, der ihn verhüllt und wäscht.
Einer wird ihn
beiseite räumen,
ein anderer ihn übersehn.
Es ist gut,
ein Erdloch zu füllen
in der Nähe der sterbenden Birken.
Die schwarz-grünen Bilder im Rindenweiß
sprechen in eigengewachsener Sprache
das Gedicht, das man noch nicht
geschrieben hat.

Auf ein Bild

In der Übereinkunft
von Grün und Blau
scheint die Erde gerettet.
Kreissegment, Rhomben,
Kuppel und Knospe.

O die Schönheit der Wörter,
Verbindlichkeit der Formen,
findet eine Farbe,
Linie zur andern
auf Ebenen, die sich durchdringen
im nahen Raum, der das Fernste einläßt.

Ein Fenster. Sehend
wirst du gesehn.
Auch vom sparsamen Rot, das sich nicht
einkreisen läßt. Ein Licht
aus der Tiefe als riefe
im Grünen im Blauen
Älteres sich in Erinnerung:
Rotes aus Rissen. Auch Morgen-Grauen.
Zwischen Zeit und Zeit
der nicht zu ortende Sprung.

Für S. K.

Das blaue Fenster

Aus den Dreißigerjahren
gibt es ein Flugbild der hiesigen Landschaft:
wenig Straßen, doch Wege, Bäume,
wo sie am dichtesten stehn
unser Haus, im Haus
die Mutter, man sieht sie nicht,
doch muß sie drin sein
in einem der Zimmer,
(das oberste hatte ein blaues Fenster)
im Zimmer vielleicht
mit dem blauen Fenster,
das blaue Fenster schaut zu.

Nicht sichtbar im Gras,
das ihnen bis an den Mund reicht,
schauen die Kinder
Blumen ins Sonnengesicht,
die Katze döst, in Lachen steht Licht
zwischen den Stämmen der Apfelallee,
schon damals schien sie uns alt.

Moos und Pilze im Rindenspalt.
Rote Äpfel. Ihr Abschein.
Was noch zu mir stößt,
kommt durch das blaue
Fenster herein.

Augenweide

Augustäpfel haben
einen Dunstkreis um sich,
fallend klopfen sie an,
platzen sie auf wie Erinnerungen.

Traktor und Druckfaß verwehrt,
ohne Ertrag für den Beutel,
sandte die unvergiftete Wiese
Flockenblumen empor,
mehlgrüne Dolden, Sternweiß
des Labkrauts und roten Klee.

Einst,
wird man lesen in Büchern,
gab es Haselhecken, die schlossen
ein, was man Hausmatte nannte.
Der Sonne des Sonnengesangs
huldigten Kronen belaubter Bäume,
von Hecke zu Hecke
flog sie die Brücke,
im Schleppnetz der Schatten
weiße Margriten,
schwebendes Plankton der Dämmerung,
wenn das sirrende Tag-Gesind wich
den pelzigen Flüglern der Nacht.

Herbst

Über dreimal geschnittene Wiesen,
Maisdschungel, Gärten, die ausblühn
in vorletzten Rosen und Sonnenrädern
fernhinzielende
Schleuderwürfe. Wer wirft
die Vögel über das Meer?

Im Wald weiße Pilze und schwarze Beeren,
an ausgewischte Ränder gerückt
Menschengetürmtes, doch unter den Augen
Florfliege, Tauwiege, Netz,
die Spinne hält sich abseits,
schlafend, vielleicht, solange wir wachen.

Durch Blaukohlteiche
watende Schatten,
immer länger die Schatten,
am Himmel wechseln die Bilder,
der Jäger geht über die Wälder,
die Wälder gehen. Es kommt
der Jäger. Auch er
mit «zerbrochener Stirne»,
– so Trakl.

Der Tisch

Umrankt ihn, Efeu und Winden,
den alten rostigen Gartentisch,
mit Blättern deckt, schatten-
und sonnengoldgrünen,
das fleckige Weinrot,
bis man vergißt,
hier
ist ein Tisch
saßen Menschen
reichten sich über das Tuch
Tee und Gebäck
schauten sich unter die Wimper
sprachen vom Sommer
schwiegen –
räumten ab und gingen
jeder in seinen
eigenen Winter.

Alte Dinge

Eisblumen sprossen am Kammerfenster,
Kohldistelblätter, ein Schiff
mit glitzernden Tauen, kristallenen Masten.
Mäuse kamen zum Fest, der Holzwurm
pochte im Herzen der Nacht.
In meinen blau emaillierten Kessel
goß im Kuhstall der Bauer
schäumende Milch,
unter frostklaren Sternen
trug ich sie heim,
die Mutter trat aus Dämpfen und Rauch.
Unsre Dienstmädchen hießen
noch Rosa und Marie. Mir ist, es kam vor,
daß sie weinten, heimlich. Den Beichten
lieh Mutter das Ohr. Das Kind sah man nie.

Der Läusekamm kämmte
die Läuse aus dem offenen Haar,
nägelkauend schämte man sich.
Ein Heufuder schwankte
hinter der Gartenmauer vorüber,
die Hände voll Schwielen
durfte man einmal
selber am großen Rechen gehn,
während der Junge, den man
sprachlos inbrünstig liebte,
mit laubiger Gerte den Bremsen wehrte
am Körper des Pferdes,
das erzgegossen im Himmel stand.

Im Advent

Die letzten Blätter fallen wie Gaben
aus Händen, die das Blatt
gewendet haben.

Hinter den Raben
sieht man den großen
Schnee-Engel reiten.

Die ersten Flocken
fallen wie eine Labe
aus einem Ort,
an dem ich vorzeiten
den Gott der Kinder
gesehen habe.

Sinngrün

Mistel und Eibe,
Tannast, Stechpalmenzweig,
aus dem Frostlicht, heiliges Wintergrün,
holen wir dich
unter die Lampe
und wissen nicht, was wir tun.
Vergessen der Sinn,
der Sinnhunger blieb,
wir wissen nicht, was wir sehn,
doch sind wir betroffen,
wenn an Blättern und Nadeln
ein Glanz aufkommt,
als weilte jemand im Raum,
dem Wände gleich Luft sind.

Durchs Auge geht
das Liebesmahl ein,
in der Nacht wird Schnee ausgeteilt:
Kommunion der Dinge,
Notverband Schnee,
ein alter Gott blutet,
was jetzt noch grünt gehört ihm.

«... allein und fremd und anders»   *Paracelsus*

Schneelicht

Durch kalte Scheiben
sonnenlos grelles
Februarlicht,
das den Frühling meint
und den Herbst entblößt
in meinem Gesicht
«... allein und fremd und anders».

Allein
mit alten Möbeln und neuen Büchern
und einem Bitterrest Hoffnung
auf etwas, das sich verlor
in den Falten der Jahre.

Die grünen Teiche
unter den Bäumen
sehen so aus,
als läge es dort
zutage.

                                           Für R. Sch.

Foto aus dem Jahre X

Spiegelndes Aug worauf hoffst du?
Auf die Zukunft? Auch in finsterer Zeit
war sie damals ein schönes Geheimnis.
Vielmehr: du brauchtest sie nicht,
du hattest die Stunde, Augen-Blicke,
die Nacht. Um deine Schultern ein Arm,
Lippen berührten die Haare. Finger
flochten ein unwiederholbares Muster,
wenn er kam, schoß das Blut in die Hände,
den Abwesenden sahst du durch Mauern,
schicktest ihm fliegende Sternbilder nach,
Bücher und lange Abendbriefe.
Seiner Stadt fuhrst du entgegen
wie ein Langverbannter der Heimat,
eine hochtragende Woge
unterwanderte Lassen und Tun,
die tödlichen Neuigkeiten der Erde
konnten dich schwerlich verletzen
im Land innerhalb außer Zeit. Nebst
jenen der Vögel sah man im Schnee
den Abdruck auch deiner Flügel; sobald
aus den alten Bäumen ein Zauber
die Blätter hervorrief, tratst du
mit grünem Herzen ins Licht.

Kein Spiegel hat festgehalten
den nicht verschlossenen Mund,
die ausblickenden Augen,
die noch nicht gezeichnete Stirn.
Spiegel bleiben blank,
wir sind's, die vor ihnen erblinden
und abgehn unter Hinterlassung
eines mit der Beleuchtung
wechselnden Schattens.

Weltkarte

Nicht gesehen
das Nordlicht,
die Rentierherden in Lappland,
Indiohütten am Orinoco,
Akashis Kiefern, die Bäreninsel,
die Lavafelder des Ätna,
den Schnee vom Kilimanjaro,
Titicaca-, Baikalsee, Walden,
Schottlands Moore, Ecuadors Sterne,
den Vollmond über der Wüste Gobi.

Gesehen den Menschen.
Gregor Samsa. Mozart.
Franz von Assisi.
Kavafis.

Für Ernst

Arche

Jeden Morgen das Wiedersehn
mit Hugin und Munin; zwei Krähen;
sie krallen sich an das Krongeweih
der knochenbleichen Robinie, ziehn
glänzende Federn durch scharfe Schnäbel,
warten, vor wachsendem Licht,
auf den älteren Gott. Beschatteten Blicks
kommt er den Grasweg herauf.

Unter den buckligen Schuhen des Gärtners,
Vagabund im Sold, knirscht der Kies,
wetzt er die Schneide, stieben die Stare
aus struppigen Tannen, kehren zurück
ins rhythmische Zischen
Sausen der Sense.

Sonnenblumen drehn sich
auf langen Hälsen, Auge in Auge
mit der großen Mutter mich übersehend
und die aus Flammen und Strahlen
geometrisch gefügten Septemberdahlien.

Eine Arche, schwankt sacht in silbernen Bäumen
das Haus überm Garten. Weiß fluten Büsche,
brusthohe Nesseln. Die Tiere sind alle daheim,
sie brauchen, wie wir, Liebe und Zeit.
Am Grund der trocknen Zisterne murmelt
unter geneigtem Ohr Wasser, zu hören
beim windstillen Nachtschein der Oenothéra,
leuchtend staubgrauen Faltern:
wie heimlich die streifen, die Schläfe schaudert,
verzaubert stocken die Füße,
Steine regen sich in den Betten,
Vaterstein, jägergrün, ganz
in Samtmoos, darunter
der goldene Schlüssel. *Für E. V.*

Steinbrech

Die Sage,
er breche den Stein.

Verwitterung.
Erleuchtete Fühler.

Krume um Krume
lesbar geworden
in Blindenschrift.

Wurzeln
sind wie Wörter,
verankern
und nähren.
Der fruchtbare Stein
sternüberblüht.

«Aber dem, der einmal draußen ist,
wird die Erde zum Hellen und der
Himmel schwarz.»

Elias Canetti

In eigener Sache

In Weiß. Immer das Toten-, das Brautkleid.
Die Hand an der Wange,
halbgeschlossen die Lider,
lauscht sie der anderen Stimme,
sie selbst, sagt sie, möchte lieber nicht reden,
zu oft gestorben, zu viel gelebt,
es komme, sagt sie, eine Zeit,
da man nur noch mit sich
zu sprechen wage, zu schweigen,
schriftlich, sozusagen, und meist in Fragen.

Nichts hat sie so jäh,
tief und andauernd erfreut
wie die Eitelkeiten der Erde:
das Trachten der Kunst, die Schönheit des Menschen,
Landschaften, ihre Linien und Farben,
blaue Blumen, rote Wolken. Musik.
Die Rituale des Lichts, seine Spiele auf Abruf,
das Frieseln und Schauern im Schatten
nach dem Buckeln und Kauern
unter steiler Sonne,
die Herzwärme von Kacheln,
wenn der Eissturm tobte –
und die unendlichen
Schwanenzüge des Schnees.

Geliebt hat sie die Liebe,
auch ihre Schmerzen,
das Verlorengehn im Geliebten,
um sich wiederzufinden
in einer andern Spirale
dessen, was sich da abspult
als Leben.

Falls sie aus der Asche
auffliegen sollte,
will sie mit den Schwänen
zur Erde zurück.

Inhalt

Die große Zahl

7 Einfache Sätze
8 Acht Zeilen
8 Die Wunde
9 Die Stimmen der Frühe
10 Sonnenaufgang
11 Märzflocken
12 Früh im März
13 Zeitrand
14 Die Bäume
15 Die Gnaden des Alltags
16 Requiem für eine Linde
17 Hundstage
18 Im August
19 Der Krieg
19 Die blaue Stunde
20 Sanduhr
21 Granatapfel
22 Wolken
23 Dauer im Wechsel
24 Grundfarben
24 Sternbild
25 Bitte um eine Geste
26 Blitze
27 Einschlafsequenzen
28 Gegenlicht in den Bergen
28 Herbstzeitlose
29 Solidarität
30 Biographie
30 Der Einsame
31 Der erste Frost
31 Die Eule
32 Totemtier
33 Der taube Hund
34 Zur guten Nacht

34 Fallenlassen
35 Etwas
35 Eine Spur
36 Nächtlicher Schneefall
36 Die Tränen
37 Neujahrsnacht
37 Heraklit

Schweigeminute

41	Der erste Blick
42	Schlaflos
43	Erinnerter namenloser Ort
44	Blick ins Feuer
44	Trennung
45	Weiß
46	Metapher
46	Luft
47	Abwesenheit
47	Hermes
48	Spiegelung in einem Messer
49	Ferngespräch
50	Schwarzes Wort
51	Der Eiserne Vorhang
51	Gemeinsam
52	Hände
53	Ewigkeit
54	Am Fenster
54	Kontinuum
55	Von Angesicht zu Angesicht
55	Paradies
56	Grün
57	Gegen das Vergessen
57	Leben und Zeit
58	Das andere Ufer
58	Der Freund
59	Identität
60	Liebesflug
61	Schweigeminute

Alte Dinge

65　Rauhreif Mitte November
66　Vater und Mutter
67　Die Schwelle des Mutterhauses
68　Frühling
69　Garten
70　Gartenlektüre
71　Juni-Saga
72　Reflex, für Botticelli
73　Weiße Blume
73　Liebe
74　Bildersprache
75　Auf ein Bild
76　Das blaue Fenster
77　Augenweide
78　Herbst
79　Der Tisch
80　Alte Dinge
81　Im Advent
82　Sinngrün
83　Schneelicht
84　Foto aus dem Jahre X
85　Weltkarte
86　Arche
87　Steinbrech
88　In eigener Sache

Die Autorin dankt der
Stiftung Pro Helvetia
für die großzügige
Förderung dieser Arbeit.

© 1988
Artemis Verlag Zürich und München
Printed in Switzerland
ISBN 3-7608-0747-X